芸人短歌

井口可奈 編著

赤嶺総理／しらす（牛女）／大久保八億／加賀翔（かが屋）／
ガクヅケ 木田・サスペンダーズ 古川彰悟・フランツ 土岐真太郎（キモシェアハウス）／
ぴろ・清水誠（キュウ）／水川かたまり（空気階段）／
蛇口捻流・アオリーカ・ジョンソンともゆき・FAN・田野・ぺるとも・警備員（こんにちパンクール）／
ゆッちゃんw・松永勝悉（十九人）／西野諒太郎・よしおか（シンクロニシティ）／
鈴木ジェロニモ／春とヒコーキ 土岡哲朗・マタンゴ 高橋鉄太郎・町ルダさん（スタンダードヒューマンハウス）／
野澤輸出（ダイヤモンド）／谷口つばさ／糸原沙也加（つぼみ大革命）／
布川ひろき・みちお（トム・ブラウン）／村上健志（フルーツポンチ）／吉田大吾（POISON GIRL BAND）著

笠間書院

芸人短歌 目次

芸人短歌　目次

生活と呼ぶには活が足りない

蛇口捻流（こんにちパンクール）

水色は食欲減ると聞きました海の家ってなんなんですか

最寄駅家への道が霧の中私は勇者伝説の帰宅

あ〜〜〜〜用事が何もない日好き文字の中でも暇になりたい

おまけつきわたしの生活ウエハース全3種類シークレット無し

中に着るTシャツだけがはしゃいでる見えないところが明るめの日

真夜中の都会に孤独と酔うことで無理矢理続けているウォーキング

人生の善意の部分をフルコンボあと1プレイ遊べませんか

蛇口捻流

じゃぐちひねる

蛇口捻流と申します。普段は大喜利を好んだり、仕事を好みきれなかったりして、日々を過ごしてます。初めて短歌に触れた結果「生活が弱すぎるかも」という気持ちですが、普段の生活はこんなことの繰り返しを好んでいます。

評

こんにちパンクールさんはYoutubeで大喜利の動画を投稿している方々です。チャンネル登録者数は約1.4万人（2024年8月現在）。みなさんの短歌連作に共通して、一首目はメンバーカラーをテーマにした歌を詠まれています。

三首目、なにもない日が好きという感情に重ねた「文字の中でも暇になりたい」という下句が効いていると思います。現実だけではなく文字の世界でも暇でいたいという強い暇の希求。七首目、善意の部分をフルコンボしてしまったあと、この作中主体はどう生きていくのか気になります。もう1プレイは悪意をコンボしていくのかな……短歌は生活を詠んでも詠まなくてもいいですし、活でなくてもいいです!!わたしの生活ウエハース退屈そうですが、ちょっとほしいです!!（井口）

日常になる

谷口つばさ

猫と猫と猫と猫が式の日の話をしてる家族ＬＩＮＥで

不動産が好きすぎて非常識な人になってるテレビＣＭ

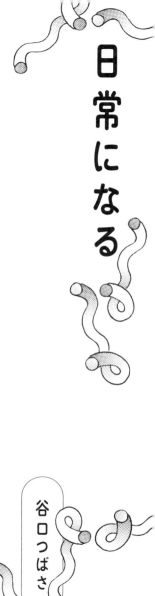

紫の髪をあなたが適当に結び始めて日常になる

「「トリキとか」」ハモった声を先頭に目の前にあるトリキに入る

破だけ見たあなたが歌う残酷な天使のテーゼ　午前二時半

会うことはないけど元気だといいな眠れなくって布団をどかす
「見たいよね」温度をすぐに感知して契りのようにラッコの絵文字

谷口つばさ

たにぐち・つばさ

1993年生まれ、福井県越前市出身。R-1グランプリ2022、2023、2024準々決勝進出。ユニット「ほがらかつばさ旅行」としても活動。TVアニメ『カワイスギクライシス』の脚本執筆や雑誌『anan』への寄稿など芸人以外の活動も多岐にわたる。
柴犬の画像を集めている。

評

一首目、いろいろな角度から撮られた実家の猫を家族みんながアイコンにしているのだと思いました。三首目、紫の髪のひとはアニメや漫画の人物ではなく実在していて、生活の行為のなかで日常にいるという感じが強まるととらえる主体が面白いです。七首目は「契りのように」という強調の仕方にふたりのやりとりにおける独特な相互の愛の深さを覚えました。

谷口つばささんは単独ライブがすさまじくよく、井口の拝見した回では、オタクでいること・推しを持つことの意味と深みを感じました。ぜひ見てください……！（井口）

行き場のなくなった言葉をいつか迎えにいってあげる

糸原沙也加（つぼみ大革命）

得意げに孫の好物出す祖父母　ごめんそれもう　いや、ありがとう

傘の下　肩を寄せ合い空気読む　鞄に隠した折り畳み傘

絡まれる覚悟がある日だけ行けるノリの良すぎるケバブのお店

セロトニン、オキシトシンにドーパミン　文字面だけでなんか幸せ

言霊を思い出しては口にするネガティヴのあとポジティヴなこと

やるせない綺麗事には飽き飽きで　頭の中は　あいうえおって

雨女　星に願いを込めたくて見上げた空は今日も泣いてる

糸原沙也加

いとはら・さやか

吉本興業所属7人組アイドルグループ「つぼみ大革命」のメンバー。基本的には歌とダンスとコントのライブ活動をさせていただいています。趣味は読書で、好きなジャンルはホラー・ミステリー。会話や感情から生まれる言葉を大切にしたく「今日はどんな言葉に出会えるか」を楽しみに毎日を生きています！

評

四首目、幸せを脳内にもたらすとされているものの列挙はそれだけで幸せになるという発見がある歌です。六首目、あいうえおって言葉のようなひらがなのはじめ、つまり思考の進んでいなさ、そしてそれ自体は意味を持たないことから無意味なフレーズしか脳内にないという状態のけだるさがよく描かれていると感じました。

つぼみ大革命をTHE Wで拝見して大人数で行うというコントの多様な形に驚きました。糸原さんが創作に興味があるということを伺い、ご執筆いただけて幸いです！（井口）

上海やってるおじさん

松永勝悟（十九人）

昼飯代　ドリアを食って　切り詰めろ　700円あるし　ラウワン行こうぜ

身を屈めクレーンゲームをのぞき見る　悲しい眺め　黒いスパッツ

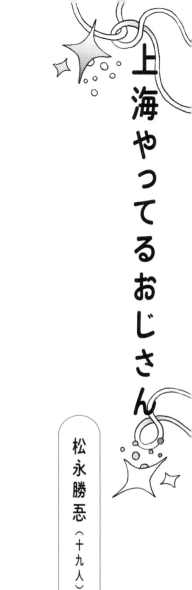

エアホッケーか１人っ子くらいだろ　２対１で　１が有利なの

１００×10　ボタンを押して取出し口　２度ほど探る　ヤな残尿感

プリクラから聞こえる楽しげな声とのれんの下のタップダンス

半球の筐体の中の菓子の群れ　回れや回れ　前世はイワシ

今日もいる　上海やってるおじさんの　ベルトループにクリーニングタグ

評

三首目、一人っ子は親と子どもの関係では少数派（であることが多く、権力構造的にも親が上である）なのに強く出られることが発見だと感じます。七首目の「上海」はおそらく麻雀ゲームで、ゲームに時間を溶かしているおじさんのきちんとしたところが見えるのがおもしろく感じます。ほんとに上海をやってたら（中華料理屋とか?）それはそれでいいなと思いますが……！

松永さんは十九人のネタにおいてツッコミというより「ふつうの人」のような立ち位置でありながら、漫才が進むうちに、よく考えたらこのひと変では?と思わせる不思議な方だなと思います。大暴れするゆっちゃんwに対応できる唯一の相方！という感じが大好きです。(井口)

今日はいい天気

ゆッちゃんw（十九人）

上機嫌　漏れ出す声に　曲がり角　気にしないフリ　ハミングに代え

なつかしい　オレンジソーダ　音ひとつ　甘くないなら　教えといてよ

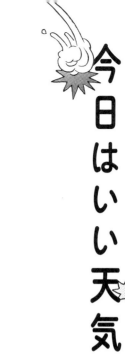

トイレして　帰って来てまた　立ち上がる　食べ物の恨み　水に流せぬ

空の上　F-5番の　読書灯　進まぬページの　スポットライト

知った街　行った事ない　中華屋の　読めないサイン　うわその人じゃん

セミが言う　今日はいい天気　ミンミンミン
僕もマネする　今日はいい天気

母のオフィス　いつもねだった　アイスココア　紙コップ自販機
待つ間のしりとり

十九人

じゅうきゅうにん

ASH&Dコーポレーション所属。9月生まれのゆっちゃんwと10月生まれの松永くんが、学生時代にサークルで出会い、2018年4月コンビ結成。大学卒業後フリーでの活動期間を経て、2022年現事務所に所属。M-1グランプリ2023準々決勝進出。

X：@jyukyunin

youtube：十九人 - YouTube

https://youtube.com/@user-zz5mh4zd4y?si＝oZnkSBs03PXCCMbj

評

二首目、ソーダの甘い甘くないという話ですが「音ひとつ」がよく効いていると思います。すっと啜った音なのでしょう。四首目、ゆっちゃんwさんは北海道出身で、帰省などのために飛行機の歌が詠まれていると感じました。読書灯つけても結局読書すすまないですよね。その部分的な明かりをスポットライトと考える発想が舞台人ですてきです。五首目の結句「うわその人じゃん」の字数が余っていることで慌てて早口になる雰囲気が伝わってくるようです。

ゆっちゃんwさんの歌は明るいものが多くて性質が出ているなと感じました。十九人の延々と繰り返されることばとふしぎな理屈の漫才をぜひ見てほしいです。（井口）

脳汁

大久保八億

何かしら死にたくなった冬の下痢のことを思い出す夏の下痢

ハリボーの透き通ってる熊だけを絶滅させるやわいくちびる

SPEEDのwhite loveっていう曲が世界で一番すき家で寂しい

気持ちいいことしてあげると囁いて点字ブロックをチャリで駆けゆく

悪党に墓標はいらずケバブ屋の油で光る長い包丁

眼光を残し地に伏すコウモリと逆回転を待ちわびている

脳汁は果汁、アイスキャンディーにすればすべては水だったから

大久保八億

おおくぼ・はちおく

ピン芸人で漫談を主にしています。2023年にパチンコ・スロットをはじめて現在進行形で脳が溶けてます。こないだ散歩中にそろばん塾の前通ったら珠弾くカチカチって音でパチンコ玉が釘の森を落ちてく音フラッシュバックしてそのままパチンコ屋さんに飛び込みました。

評

二首目、絶滅させるという過激な主張のあと、結句の「やわいくちびる」によって強調される人間らしさがうつくしいです。三首目、white loveは冬の曲ですがそれだけでない空虚さが牛丼チェーン店にもひとつの時代を駆け抜けたSPEEDにもあると思います。七首目、そもそも脳汁というものが存在する、それは水である、という前提で書かれていることに面白さがあります。

八億さんは大喜利にもすぐれた能力を発揮しており、「大喜る人たち」への出演も多いです。個人的にはいますぐパチンコをやめてほしいです。（井口）

キモシェアハウス

（キモシェアハウス）

ガクヅケ木田

床落ちる　ゴミをかわして　飛び歩き　３回転半　キモ五輪

賞味期限　２０２１年　２月　全てを見てきた　ポン酢かな

生ゴミの　香りの強さが　増したなら　春との別れ　夏の訪れ

サスペンダーズ古川彰悟

派手色の　督促状の　宛名見る　俺ではないと　微かな祈り

ここを出る　今年こそはと　言っていた　去年の俺と　一昨年の俺

フランツ土岐真太郎

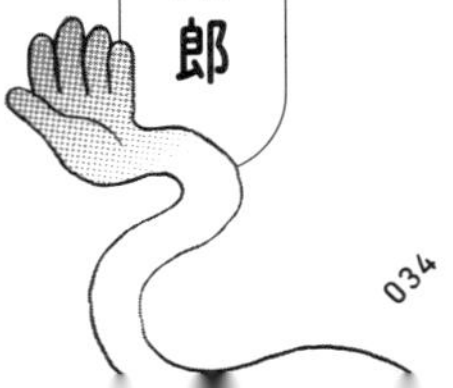

ハエがいたら夏で　ハエがいなかったら冬

さっきまで寝てた人とこれから寝る人の会話

キモシェアハウス

きもしぇあはうす

芸人のガクヅケ木田、ド桜村田、サスペンダーズ古川、フランツ土岐と、ラッパーのiida reoの計5人からなるシェアハウスです。初期のルームシェアメンバーにはバキバキ童貞としてバズった春とヒコーキぐんぴぃなどもおり、「キモい奴らのルームシェア」という理由から、いつしかキモシェアハウスと呼ばれるようになりました。今回は木田、古川、土岐の3人が短歌を書かせて頂きました。

評

木田さん一首目、キモ五輪という存在しない語が効いています。古川さんの二首目は「ここを出る」に希望を求めつつ実行しないことに安堵をも覚えている主体のように読みました。土岐さんははじめて短歌を拝見しましたが、自由律でくると思いませんでした。二首ともすばらしい情緒があります。キモい人たちの暮らす家で詠まれたと思えない落ち着いた感動に心を揺らされました。

レンタルぶさいくをも輩出した、流動的にメンバーの変わるキモシェアハウス。家族としてみんながどんどん（キモく）変化していく姿が魅力的です。村田さんとiidaさんの短歌も見てみたい！（井口）

再会

吉田大吾（POISON GIRL BAND）

同窓会あの子はチェーンスモーカータバコの煙下駄箱の恋

あの頃のグループはいまお酒とか職業とかでフルーツバスケット

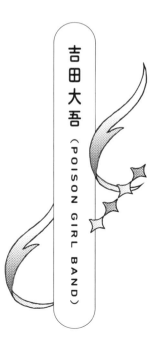

「そこどけよ真正面に座るなよ」遅れて悔しい花いちもんめ

給食のおかわりじゃんけんに参加するそんな感じで生きてもみたい

「ようするに自分のことが好きなのね」「それは恋でもなんでもないね」

俺には聞かれてはいけないあだ名を誰かに付けられている気がする

「絶対、二学期からモテたタイプだよね？」そんなタイプがあったのかよ

吉田大吾

よしだ・だいご

東京都杉並区荻窪育ち。素敵な企画に参加させていただけて嬉し楽しかったです！

評

同窓会の場面なのでしょう。一首目、「あの子はチェーンスモーカー」のフレーズにミッシェルガンエレファントのような深いロックンロール性を感じます。五首目、このふたつの台詞は2名から（主体に対して?）浴びせられた言葉なのか、1名によって発せられた言葉か、わたしは1名によるものととりたいです。お酒を片手にこの論を語っている相手のすがたが見えるようです。

POISON GIRL BANDはM-1ファイナリストの常連であることが印象的です。いま吉田さんはさまざまなライブを主催しており、「POISON吉田が○人と漫才」、あるいはライブハウスで音楽を流して行う「POISON GIRL BAND」を冠した漫才のライブといったあたらしい取り組みは常に刺激的です！（井口）

FAN（1）

FAN（こんにちパンクール）

止まりたくない渡りたくないときにぐしゃぐしゃにした光の紫

カビゴンが覚えていない睡眠で確かにマツコと車で泣いた

天ぷらにおだしが染みていくように空けた財布の隙間にタクシー

偶数の上で暮らしている人は隣の人が帰ったから帰る

枝豆の如く身体に仕舞われた臓器を揺らし走る地下道

夢に見たアイスクリームに正座する賞味期限がないからねって

ナフタレン　トルエン　スチレン　アントラセン　安息香酸　安息香酸

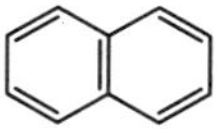

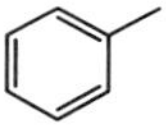

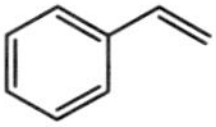

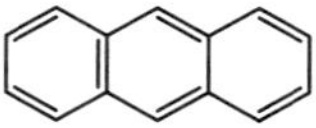

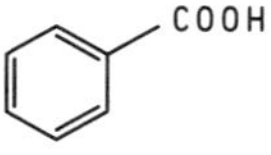

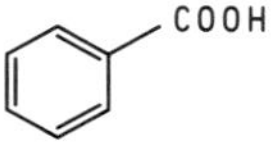

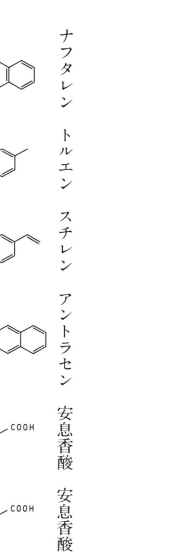

FAN《ふぁん》

芸人。千代園るるとのコンビ「8月22日の彼女」、蛇口捻流とのコンビ「デッサンビーム」として活動。YouTube「バキ童チャンネル」にメインスタッフとして関わり、企画・編集の他、自身も動画に出演する。一番面白い数字は70000と度々主張しているが、その理由は言語化されていない。

評

ネタのなかで発されるFANさんの言葉が信用ならなくてとても好きです。言っていることの道理は通っているのにものすごく変なことであるというような面白さを噛み締めたことが何度もあります。短歌のなかの言葉も信用ならないものが多いように思いました。けれど、読むときには信じます。一首目、信号の赤と青が混ざってあらわれる紫から、感情が激しい様子とともに高貴さが見えるようで複雑さがあります。六首目、なぞかけのような語尾で言っているのにオチがきちんと落ちてないことにいやいや！と思わされるところまでが計算でできているようでイーとなってしまいます。（井口）

良い所を見つけたことがない

田野（こんにちパンクール）

よかれと思ってらっしゃる他人の家の便座カバー　緑色だし

強風の真下で食べた牛丼
口に頬張る冷たい玉ねぎ

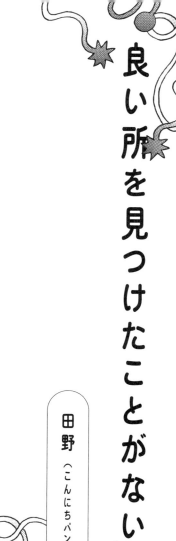

地べたに座る若い女性達が俳優の下の名前を呼び捨て

余韻に浸りたかったけど買った汗が滲んだ一駅分の切符

おにぎりを2つ購入したらさ
なんと10ポイントもGETしたぜ!

あなたと映画を見たいので横にいる方は船でも乗って海にでも

「吸わない方がいいよ」と年下にかまましてライターの音を鳴らす

田野

たの

ピン芸人。飼い主と散歩してる犬をぼーっと見てたら飼い主と目が合う時がありますが「犬を見てすみません」って思わないといけないの癪ですよね。

評

韻律感覚が独特です。57577の定型というかたちにこだわらずに語られることばが日常性を強く持っているという二面性になんだかくらくらさせられるように感じました。一首目「よかれ」「思ってらっしゃる」という言い方からくる印象はから回った好意なのかもしれません。まだ関係性に名前がないけれど好意があるひとの家へ上がり込んでお手洗いを借りたときの便座カバーを見てしまう感じには覚えがある気がします。

田野さんは、Convaという3人組コントユニットとしての活動も面白いです。(井口)

一人七首

野澤輸出（ダイヤモンド）

遊園地
見に行ったあと
寿司屋見て
映画館見て
タクシーを見た

にくまんを
はんぶんこして
よんぶんこ
はちぶんこして
ひとりでたべる

一、二、三
二、二、三、四
三、二、三
四、二、三、四
五、二、三、四

手違いで
手袋を手と
思ってた
手と思ったら
手袋だった

ほぼほぼと
ほぼはほぼほぼ
同じ意味
まあとまあまあ
まあまあ同じ

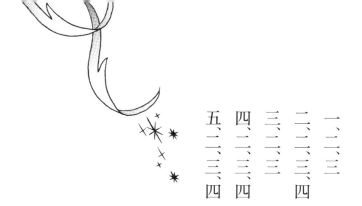

タカアンド
タッキー&
テツand
ジョンソン・エンド
ジョンソン・エンド

ブラジルは
ブラジルだけど
サッカーが
弱いブラジル
竹ブラジル

野澤輸出

のざわ・ゆしゅつ

お笑い芸人。お笑い1986年生まれ。お笑い栃木県出身。お笑い短歌は初めて。

評

野澤輸出さんはダイヤモンドというコンビで活動をしており、ボケでありながらツッコミでもあるような不思議な立ち位置の芸人さんです。【おもしろ〇〇】を毎日X（旧Twitter）でつぶやいています。今回の連作では「視点のずれ」が生かされた短歌が多く、一首目は行ったことの話をするところを「見る」にこころのあり方がずれています。六首目、「アンド」のバリエーションの豊かさがよく、また、タカアンド（トシ）という省略が起こっており、ジョンソンは2人いて、両方のジョンソンがエンドの前にそれぞれ置かれていると考えられることに面白みがあります。（井口）

短歌みちお

みちお（トム・ブラウン）

ぜんぶ空《くう》　あれもこれも空《くう》　流れる川　ハイロウズが言ってたよ。　わかってるのは胸のドキドキだけ。

ネタうけた　許されたのか　人なのか　すべてがＯＫ　この瞬間だ

悪魔いた　鬼も天使も　人も屁も　鍋に入れて食う　お尻から神

マカビンビン　マカビンビンの瓶　飲むゴックン　ボッキビンビン　振る
ブンブン

フィクションも　全て現実。　いやだってさ　今ここで感じる　俺は現実。

ショットガン　血が吹き出てて　穴空いた　その穴から見る　空は夕暮れ
うけるかな？　若いつもりで　ハイキック　盛り上がったけど　全治１ヶ月

みちお

トム・ブラウンというお笑いコンビのみちおです。周りからは人外と呼ばれています。人の気持ちはわかりませんが、人以外の気持ちもわかりません。ただ考えなしにインプットして漏れた言葉を書いてみました。なるほど。だからキモいんだ！！

評

私見ですが、キモくてもなんであっても表現したいものがまとまりやすい詩形が短歌だと感じています！一首目素晴らしく良くて、ぜんぶ空（くう）ではじまる色即是空の教えのようなところからハイロウズの名曲につながる流れの自然さ！定型にとらわれないことによるロックンロールがここにあると思います。三首目や四首目のようなトリッキーな歌があると思えば、二首目では「人なのか」と自分を客観視し、五首目では「すべて現実」から「俺は現実」を導いているところに悟りの良さがあると思います。

みちおさんは平場で何を言っているのかわからない時があって、ちょっと場がはっとなる瞬間が、さらにそこから再び時間が流れはじめてゆるむ落差がとても好きです。時間の魔術師でいてください……！（井口）

人生七色

布川ひろき（トム・ブラウン）

初短歌　わからずひとまず　かいてみる　レベルはちょうど　痰か臭唾《くさつば》

富良野市の　安らぐ香りの　ラベンダー　その香《か》になりたい　アンダーヘアー

唄ってる　合いの手されて　カラオケで　一人だけする　それは愛の手

蝉の声　一週間は　ないている　別れて七日の　あの君の声

よく吠える　欲しいと猿が　束の金　ふと見てみたら　人も誇《ほ》も去る

ＬＯＯＫ見て　外国人に　男魂《だんこん》を　円安すぎる　アナタチン高

つらい日々　戻りたくない　牛の刻　死ぬ前見ると　思い出色濃く

布川ひろき

ぬのかわ・ひろき

トム・ブラウンというコンビの江口っちゃんを担当しております。漫画は読みますが、文字だけの本はテレビブロスしか読んだことがありません。なのでもちろん短歌はやったことがないので色々大目に見て下さい。あと既存の概念も捨てて下さい。

評

二首目、井口は出身が北海道の中富良野町なので、挨拶歌（井口の出身地を知っていて、ご挨拶の意味を込めてサービス的に読んでくれたもの）かと驚いたのですが、なんにせよアンダーヘアーの歌だったので笑いました。五首目、誇（ほ）という読みのおもしろさ、六首目、「LOOK見て」と英語と日本語で二回言う外国人の方への配慮の上で男根を描くこと、細やかで良いと感じました。

既成概念にとらわれずに書いていただけてありがたいです。おふたりのことはケイダッシュのライブや、事務所ライブ以外でもよく拝見していて、最初にダメーのフォーマットを見たときとても感動しました。北海道のスターとして誇っています！（井口）

ハートとしか言いようがない

鈴木ジェロニモ

ラーメンを硬めで注文した後に硬めさんと呼ばれて席に着く

紅しょうが用のトングを紅しょうが用トング用の窪みに嵌める

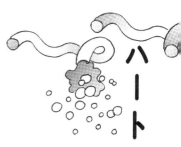

ポリエステルでできたうさぎのカチューシャの肉の部分のピンクの繊維

看板に　酒　たばこ　だけ書いたのはどうしても伝えたいことだから

このへんでいいですと言ったこのへんを越えてそのへんまでいく車

誕生日にざるそばをくれた先輩が結婚して吉田になっていた

返信にハートで返すこの気持ちはハートとしか言いようがないから

鈴木ジェロニモ

すずき・じぇろにも

1994年生まれ、栃木県さくら市出身。プロダクション人力舎所属。R-1グランプリ2023、ABCお笑いグランプリ2024準決勝。TBS『ラヴィット！』、日本テレビ『ニノさん』等出演。第4回、第5回笹井宏之賞最終選考。第65回短歌研究新人賞最終選考。第1回粘菌歌会賞。短歌ライブ「ジェロニモ短歌賞」主催。歌集に『晴れていたら絶景』。YouTube動画「説明」が話題。

評

ジェロニモさんの短歌は生活の描き方に安定した視点があると感じます。七首目、他の歌にみられるような観察者に近い目線ではなくかなり主観的で、ジェロニモ作品のなかではなかなかないものだと思います。こころのありようをハートと表すストレートさが絵文字のハートに置き換えられることで意味合いを深くします。歌人としても紹介されることの増えている鈴木ジェロニモの新しいステージを感じました。

『晴れていたら絶景』は芸人短歌シリーズとして出しているzine（井口が個人で制作した冊子）のひとつです。購入先などの情報は芸人短歌のXに詳しく載っています！（2024年8月現在）（井口）

本八幡

水川かたまり（空気階段）

刺青に　背中溢れる　サウナにて　羽衣天女　涙降らせる

玄関の　範囲わからず　無難策　手前で脱いで　汚れる靴下

印鑑の　場所は先週　聞いたはず　妻の機嫌を　見てまた聞くぽ

懐かしの　駄菓子屋消えて　タピオカ屋　Lを片手に　髭を撫で撫で

学校に　行きたくない日　体温計　6度9分出て　脇どコスコス

充電器　目当てで入った　漫喫で　いつのまにやら　ドラゴンボール

森久美子　内村光良　原監督　同じ夏に　おんぎゃー

水川かたまり

みずかわ・かたまり

吉本興業所属。NSC東京校17期生同士の相方鈴木もぐらとのお笑いコンビ「空気階段」として活動。「キングオブコント2021」優勝。過去の脚本担当NTV「でっけぇ風呂場で待ってます」(第4話&第8話)、Huluオリジナル「君のことだけ見ていたい」等。

評

一首目、「刺青に」の位置が面白くて、刺青が背中を溢れてくるように感じられるくらいぎっしり入っているのか、サウナが混んでいて背中が溢れておりその中のひとり（あるいは複数人）に刺青が入っているという話なのか、すこし考えさせられます。最後に見える景は汗をかいて刺青の天女が涙を流しているようだ、というものでいいと思います。

七首目、みなさん誕生日が一緒ということと読みました。結句の「おんぎゃー」が本来7音に当たる部分であるという定型をぶち破る勢いがあって面白いです。サイコゥ！サイコゥ！サイコゥ！です。ラジオ「空気階段の踊り場」は人生なのでみなさん聴いてください……！（井口）

トートバッグのサイズ

ジョンソンともゆき（こんにちパンクール）

腐敗した桃の姿はバナナとかより苦しくて申し訳ない

寝る前に　こうしていれば　ああ言えば　みたいなのすら無い大失敗

今の犬、シーズーじゃない？いやポメか？どう転んでも楽しい議論

謝罪文　許してますが　誤字脱字　気になってます　許してますが

正しい寝方を知った日から私の睡眠が自由じゃなくなった

違います　固いグミ　固いほどグミ　コロロは棚に戻してください

「お土産を買い忘れた」を「楽しすぎて」と解釈してくれてありがとう

ジョンソンともゆき

じょんそんともゆき

ともゆきは本名。長崎県生まれ。SNSで毎日ショート漫画を投稿している。合同会社イチコマ代表。壁が無い部屋で暮らしており、寄りかかれる場所がない。

評

三首目「いやポメか?」について定型の音数による制約からそうなっていると思いそうになりましたが、楽しい議論を続ける中でポメラニアンという長いワードが縮められて自然に使われはじめる「ポメ」なのかもと考えるとおかしみが強まってきます。六首目、ちょっと本題とずれて恐縮ですがわたしはグミを噛んだことがないので（噛んでいると怖くなってしまうため舐め続けて何時間もかけて食べます）、固さへのこだわりがあまりわからないのですが、この主体はタフグミみたいなグミが好みでもっと固い方が好きなのかもしれません。それを突き詰めるとグミではなくなっていくのかもしれなくて、コロロの名前が出てくるうちはまだ大丈夫だなと思います。（井口）

10代

加賀翔（かが屋）

凍らせたパンを解凍しろパンの為にわたしの受験の為に

10㎝　丈が足りないカーテンの隙間に猫が横切る昼間

日本一美味い給食センターのセンター長11歳カズマ

焼け過ぎたパンの煙を逃がす窓鳴る風鈴の脱走警報

停電のカラオケ館はしんとして廊下わらわら光るデンモク

缶・びんとペットボトルのゴミ箱にスタバねじ込む爪は花柄

近道を教えてくれる少年の虫かご揺れるとんぼが跳ねる

加賀翔

かが・しょう

かが屋の加賀です。短歌を好きな人はお笑い好きな方が多い印象なので短歌を作る時はネタを見られるような緊張があります。リラックスしたらいいのですが、緊張するということは多分短歌好きな人に好かれたいんですね。お声かけいただきありがとうございました。

評

一首目、「自分のための要素」を先に持ってこないところに、反抗期のための命令形のなかにもやさしさを感じます。五首目、デンモクは充電式で、各部屋に取り残されている機械がそれぞれ静かに光っている光景と慌てている人間が廊下にびっしりといる状態のギャップがきれいです。

加賀さんには芸人短歌シリーズにご執筆いただいており、毎回短歌が上手くなっているという印象をおぼえます。いつもありがとうございます。単独ライブや事務所ライブに飽き足らずYouTubeに新作コントを上げつづけるコントに取り憑かれた加賀さんの短歌を、わたしはとても好感を持って受け止めています。（井口）

集団無意味（スタンダードヒューマンハウス）

春とヒコーキ土岡哲朗

探偵という概念がない国で「解決好き」と忌み嫌われる

縁側で自分に飽きたじいさんが飛車を頬張りぶりっこ仕草

第100回ロマネコンティコンテスト！出てもなかった牛が優勝！

マタンゴ高橋鉄太郎

ボンゴレはアサリのパスタと言えるだろう　やりたいことがない映画監督

屋上に人がたくさん集まってせーのでしゃがんでひざのＣＭ

町ルダさん

よく聞くが　礼儀と快感　合わせるな
気持ちのいい挨拶　不気味な言葉

野蛮にも　ご当地グルメにゃ納まらぬ　宮崎忘れたチキン南蛮

スタンダードヒューマンハウス

すたんだーどひゅーまんはうす

春とヒコーキ土岡、町ルダさん（町田）、マタンゴ高橋の3名によるシェアハウス。4年間の共同生活で、高橋の白髪を土岡が切り町田が食べる、単独ライブ終わりの谷口つばさを家に招き終電までヤバいおじいさんの動画を見せて単独の感想は帰り際の玄関で済ませる、などをした。

評

土岡さんの歌はどれも良いのですが二首目の「自分に飽きたじいさん」がとるぶりっこ仕草に飛車を頬張るという自分の趣味を諦められていない感情に心を揺すられます。鉄太郎さんの一首目、パスタの常識を提示したあとに突然の映画監督が描き出される、ふたつのことのつながりの面白さがあります。町ルダさんの一首目「礼儀と快感合わせるな」が先に描かれることで「気持ちのいい挨拶」はたしかに礼儀と快感だ！とゾワゾワさせられます。

全然スタンダードヒューマンではないお三方の歌はどれも素晴らしく、その三人の生活があったことを（シェアハウスは解散済み）時々思い出したいと感じます。（井口）

鍾乳洞

アオリーカ（こんにちパンクール）

青色の硝子透かした夕暮れよ　この世界でも太陽であれ

犬よりも凛と停まった自転車に理想の犬を重ねすぎてる

だれひとり怒った人が関わっていないパフェしか頼みたくない

美少女戦士セーラームーンライト伝説　余った拍でウィンクをする

いくつものグラタン達を見送った耐熱皿とミトンの夫婦

くし切りのトマト４つの寝相にも君の姿が見えて嬉しい

あの馬はペガサスじゃない　正確に薬局の閉まる時間が言える

アオリーカ

あおりーか

アオリーカです。これを書いてる今日は猛暑日。ニュースでは「ひんやりスポットとして鍾乳洞が人気」と言っていて、きっかけがなんであれ涼しさ以上の良さに出逢えてたらいいなと思いました。短歌を考えたあと、それに似たような事を思った気がします。違う気もするな?少し鍾乳洞で頭冷やしてきます。

評

三首目、パフェをそのもののうつくしさではなく、関わった人が怒っているかどうかで判断することにより、パフェの見え方や想像の中での味わいまで変わってくるようでおもしろいと感じます。こだわりの方向性もちょっと変ですね。ただのわがままではなくそこに高潔さがあるのかもと思いました。七首目、ふたつの物事の取り合わせだと考えると自分自身が正常であることを主張しているように読め、あるいは、馬がペガサスではないという根拠が「薬局の閉まる時間が言える」ことであるとも読めて、どちらにしてもなんらかのズレについて考えさせられました。(井口)

短歌まんじゅう（7個入）680円

警備員
（こんにちパンクール）

オレンジが色の名前で売れてから気軽に誘えなくなった梨

27だったと思う　ボウリングの時に.5を返してたから

「咲くたびに思い出していてくれるかな」　花の呪いは二人にかかる

「教科書を捨てろ」と叫ぶラッパーは「教」を10回書いたはずの手

おめでとう、ゲームクリアだ　感想は「#デスゲーム5」でお願いします

とらふぐに調理師免許を食べられて無限の時に堕ちる板前

敷金が返ってくるほどていねいに住んだいのちを退去したきみ

警備員

けいびいん

株式会社パッチューネ所属の芸人。中2から大喜利を始め、現在はYouTubeチャンネル『大喜る人たち』などに出演。1992年3月生まれが原因となり、グループ内では最年長を患う。生活全般を馬鹿にしており、自宅でコーラを見失った経験がある。

評

自己紹介に「生活」に対するコメントが出てくるところが蛇口さんと同様で、みなさん短歌を考えるにあたって生活について思うところがあると気づくのかなという発見が個人的にはありました。

タイトル、短歌まんじゅう七首で680円は安いと思います!!!もうすこし高価格にしてもいいですよ!!二首目、ボーリング場の靴のレンタルのことと読みました。最近の靴は27とか28みたいに.5を省いた区切りのいい数が多いですね……！七首目、書きぶりのライトさとうらはらに、とても深刻な内容です。「ていねいに住んだいのちを退去」という言い方で「きみ」の人柄と何があったかを想像してしまいかなしさが胸にぎゅっと迫る気がします。（井口）

城のビデオ

しらす（牛女）

野次馬の気持ち通報遅らせるラストイヤーの銀行強盗

国からの台詞を何度も聞き逃す具のないシチューをかき混ぜながら

大衆へアイーンしてる瞬間にアイーンしてない方の手にコイン

また君は無銭飲食解禁!とドラ鳴らすようにボタンを押すの

「好きなとこ遺跡」の謎を解明し君に好きの旨を伝えよう

昔見て今見なくなった俳優の「これから」が入ってる宝箱

我が子の証言が決め手になりましたケーキラジコンギロチン事件

しらす

こんにちは。牛女というお笑いコンビのしらすです。お笑いが好きだからお笑い芸人をやっています。といっても好きなものはよく変わるんですが。今は「結婚」が好きです。人の。

評

しらすさんの短歌について、多様な読みができると思います。その例をいくつか提示します。一首目、ラストイヤーというのは賞レースに出場できるコンビ歴制限によく使われる語です。銀行強盗にもラストイヤーがあるのでしょうか。三首目、アイーンに目をとられがちですが、反対の手にはコインがあって、ある種の手品っぽさと、それをみんなに教えないことの尊さを覚えます。五首目、「好きなとこ遺跡」というおそらく膨大なところへ足を（考えを）踏み込み、それが解けたら好きを伝えようってとても誠実で真剣なのですが、どこか、そこ以外にもやることあるのでは?と思わせるのがユーモラスです。

牛女の活動はかなり個性的で、YouTubeに上がっている「会話」には時事性があり、ネタもオリジナリティに溢れています。ぜひご検索ください。（井口）

日常

清水誠（キュウ）

朝起きて　身体の痛み　確認し　慣れてはきたが　好きにはなれぬ

家にいる　時は子どもと　遊んでる　満員電車が　一人の時間

元気良く　いつもの道を　速歩き　これで運動　したとしてます

足の裏　ペタッとくっつく　ものがある　外ならガムで　家ならお米

取り込んだ　洗濯物に　気を付けろ　衣類に虫が　付いてるかもよ

足指に　ガングリオンが　あるのだが　足指なので　放置してます

晩酌で　菓子をつまみに　食べている　一度に食べるか　明日に残すか

清水誠

しみず・まこと

キュウの清水です。向かって右の方、おでこを出してる方、メガネじゃない方、背が小さい方（一般的にはそこまで小さくはないです）、子どもがいる方、動物が好きな方、動物を飼ってはいない方、空手をする方、漫画を読む方、めっちゃええやんの方、演技の仕事がしたい方（とてもしたいです）です。

評

四首目、足の裏ということばが実際に指しているものが違うのがおもしろく、ガムがくっつくのは靴の裏で、お米がくっつくのは素足や靴下の裏です。しかし不快に思うのはガムの方だなと感じるのは他人のものだからでしょう。暮らしの中から見えてくる外と内の感覚にユーモアとあたたかさをおぼえました。

キュウの漫才は物事を掘り下げていく、あるいはぜんぜん掘り下げないで他のことが気になって、結果としてたしかに……と感じさせるというフォーマットが多いように考えています。六首目「足指なので放置してます」それでいいのか?でも、いいのか、となんとなく納得させられてしまいました。（井口）

0

たしかにね
それもそうだね
なるほどね
わかるよわかる
ほんとそれ

ぴろ（キュウ）

葉っぱかな
葉っぱじゃないよ
カエルだよ
カエルじゃないよ
アヒルでもないよ

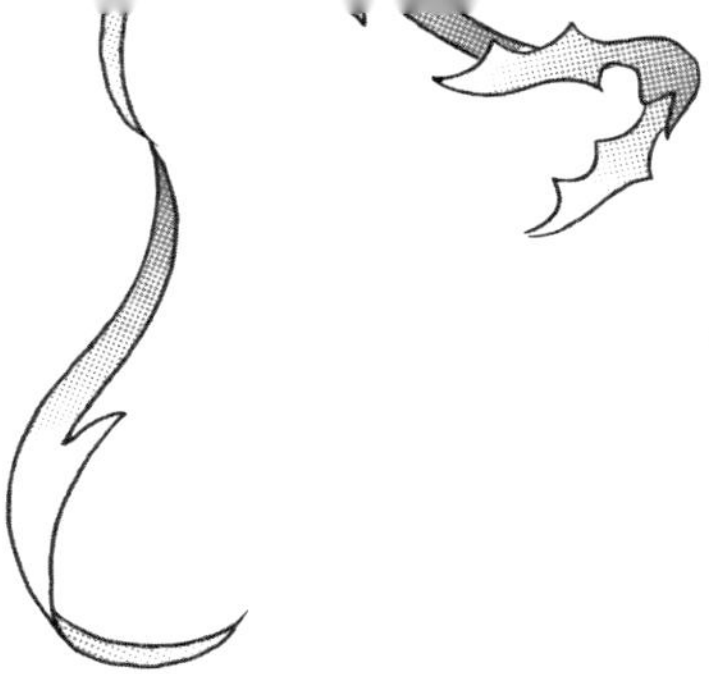

考えろ
感じるじゃなく
考えろ
感じるじゃなく
感じるじゃなく

そんなこと
今言われても
困ります
困らせるのは
やめて下さい

肉に合う
歩みを止める
情熱と
運命の糸
「赤」のイメージ

ここはどこ？
やっと目覚めた
みたいだね
あなた誰なの？
まずはお茶でも

オムライス
ケチャップかけて
スプーンで
口まで運び
食べたら美味い

ぴろ

ぴろです。血液型はA型ではありません。出身地は長野県ではありません。大学生の頃、アパレル業界で働いていませんでした。休日は先輩と車でゴルフに行きません。将来タワーマンションの最上階に住むのが夢ではありません。メガネをかけています。漫才師です。キュウです。

評

何も言わないことで何かを言うという姿勢を受け取りました。その中に急に飛び込んでくる五首目、これまでの言わなさの境地のなかにいきなり「赤」のイメージとか言われても!!!という混乱とともにおおいに笑ってしまいました。ワインの描写でしょうか。情熱と運命の糸、ソムリエのような言葉の使い方に混乱しているところに六首目がやってきて、七首全体の世界観がわからなくなりそうになったところで締めとしての何も言わない七首目という構成がきれいです。

ぴろさんの変態性について書きたいことがたくさんありますが、ご本人のプロフィールにあることがここでは全てなので、割愛します……。(井口)

指折りの指

村上健志（フルーツポンチ）

カラオケに遅れてやってきた奴に降ってきたよと報される雪

あかさたたたちつてとと本棚のな行に辿り着く花の頃

作文の文字数稼ぐため雲の形をコッペパンに例える

ベランダで続きの話するために半分残ったグラスに足す酒

松屋の生野菜の皿の縁の青みたいな青の八月の空

夕方が少し残った秋の夜国道沿いのココスの看板

締切の迫った夜に胸に抱く子にしゃぶられる指折りの指

村上健志

むらかみ・けんじ

村上健志です。フルーツポンチというコンビで芸人をやっています。1980年生まれ。ひょんなことから短歌や俳句を始めました。短歌や俳句を初めてから見える色がひとつ増えたと言うようにしています。中華風のコーンスープが好きです。「よく噛んで」と言われるのが嫌いです。

評

季節の移り変わりの捉え方に特徴があると感じるのは、わたしが、村上さんは俳句をかなり真剣にやっていらっしゃると知っているからでしょうか。

二首目、な行にたどり着くまでに大雑把に追っていた行ごとの見かたから、たちつてとというそれぞれの文字を経由することで花の頃のゆったりとした雰囲気とふわっと咲くようなやわらかさを(「な」の字の形と音からも)感じるように思います。六首目、とても色のコントラストが綺麗です。秋の夜の暮れ残っている感じをココスの看板の黄色に合わせたことがうつくしく感じます。国道沿いのチェーン店のすこしの郷愁のようなものが気持ちよいです。

わたしも俳句をやります。句会でも歌会でもいつかご一緒できたらうれしいです!(井口)

家から出ない

赤嶺総理

水槽のポンプの音が六畳に溶けこんで六畳の水槽

ミニチュアのキリンを少し動かしてすぐに忘れる話を作る

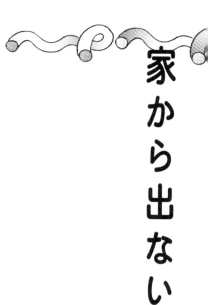

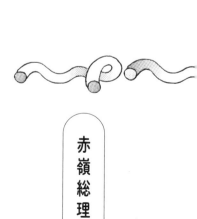

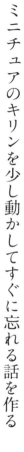

青空に捧げるように吹いたのに部屋に戻ってくるしゃぼん玉

ひょうきんな割れ方をしたマグカップ　ずっとあたたかいままである

何もかも話せる人に渡したいボールペンから取り出したバネ

利き手ではないほうで歯を磨いたら鏡のなかの私は利き手

観葉植物の落葉そのままにしている机までは公園

赤嶺総理

あかみねそうり

1991年沖縄県生まれ。吉本興業所属。『第一芸人文芸部　創刊準備二号』に短詩を寄稿。2023年11月からメダカを、同年12月からチェリーシュリンプを飼い始める。

評

一首目、水槽のポンプの音が響く室内をも水槽と拡大する見かたがうつくしいと感じます。五首目、「何もかも話せる人」の捉え方がいくつかあるように思います。ひとつは何もかもをうまく説明できるような人、もうひとつは自分が何もかもをその人になら話せると感じる相手です。静かな室内とそれを観察する目線の繊細さがすばらしい連作だと感じました。

この夏、暑かったですね。家から出ない短歌を心地よく読みました。赤嶺総理は俳句甲子園への出場経験があり、季感のとらえ方が丁寧だと思いました。(井口)

2024/07/XX

ぺるとも（こんにちパンクール）

日の丸弁当を日の丸たらしめる赤が苦手で少し情けない

リスニングテストの最中に聞こえた鳥のさえずり　－2点

私にも再開発が必要です　若い私が減っているんです

クルトンがふやけていくのも惜しいのに平気で数分遅刻したりする

人が死ぬ映画でたくさん泣きました　死んでいなければ泣きませんでした

昼休み消しゴム同士を戦わす　強さのぶん消しづらいのなんの

おみくじをバーテンダーみたいに振って　小吉が出て　ざまあみやがれ

ぺるとも

こんにちパンクールでは最年少かつ最重量。後者は今後変動する可能性があります。趣味で大喜利をしています。趣味だと言わせてください。たまにXに短歌を投稿しますが、短歌としては珍しく誤字脱字があります。

評

三首目、その通りだなと思います。「再開発」「若い私が減っている」という言葉をユーモラスに聞いた反面、自分のこととしてわりあい真剣に捉えたくもなりました。五首目、当たり前のことを言っているようですが、死んでいなければ泣かなかったという提示はとても残酷です。七首目、ふざけた行為の末、微妙な（やや悪い）結果が出ていることへの面白さに加えて「ざまあみやがれ」が自虐だけではない多様なニュアンスを含んでいます。

ぺるともさんのぺるともさんであるという存在の強さを面白いと感じている芸人さんは多く、寺田寛明さんがぺるともステッカーを大量生産していたことが記憶に新しいです。（井口）

芸人短歌教室

井口可奈×シンクロニシティ（西野諒太郎・よしおか）

芸人さんに短歌をつくるという体験をしてほしいと思い、お笑いが好きな歌人・井口可奈は短歌教室を開くことにしました。お呼びしたのはことばを活かした漫才をおこなうシンクロニシティのおふたり。これは、ひとに短歌を教えたことがない井口が短歌をつくったことのないシンクロニシティのために考えた「短歌教室」の記録です。

1 短歌って何？

井口 本日はありがとうございます。「短歌教室に参加してほしい」という突然の依頼を、受けていただいた理由を聞いていていいですか。

よしおか 今までやったことない仕事だから挑戦してみたいっていう気持ちと、漠然と短歌に興味があったからです。自分でなにかを1から作るのをやってみたくって。だから依頼をもらってめっちゃ嬉しかったです。

西野 自分はお婆ちゃんが3冊短歌の本を出していて、親しみがあったので是非やらせていただけたらと思いました。

井口 そうなんですね！ よしおかさんはどこで短歌に興味を持たれたんですか？

よしおか 「amazarashi」っていうアーティストが好きで、その人の歌詞が短歌っぽいんですよ。

井口 韻律（注1）感覚のきれいなアーティストですね。影響を受けたひとがやってると、「なるほど。私もそういうのやってみよう」ってなりますよね。

よしおか そうそう。

井口 おふたりは短歌をやられたことはありますか。

よしおか 小学校の授業で多分……。

井口 作ったけど記憶にない感じでしょうか？

よしおか そうですね。俳句と短歌の違いもあんまりわかってないかもしれません。

井口 ためしにその違いを言ってもらってもいいですか。

よしおか 俳句は575（注2）で文字数が決まってて、短歌は何文字以内っていうのは決まっていない詩に近いものというイメージがあります。

井口 めっちゃいい概念ですね。よく俳句が575で短歌が57577（注3）って言われますけど、57577は実は結構ゆるい概念です。はっきり当てはめる派もいます。でもわりと「8になっちゃった」とかでもよくて。その音が気持

（注1）音数の感じやリズムの感じくらいの意味合いで使っています。

（注2）ごーしちご、と読むことが多いです。（注3）ごーしちごしちしちと読みます。

ちよければ――いわゆる韻律が良ければOKっていう感じがあります。なので結構「何でもいいです」というところから入りましょう。

よしおか はい。

2 短歌の題材を見つけよう

井口 とはいえ「はい、短歌詠んでください」って言われても詠めないじゃないですか。なので、材料を見つけていきます。大喜利でいうところの「画像お題」です。

西野 ああ、いいですね。

井口 画像を見て色んな要素をとにかく書き出してみよう、ということです。この写真(写真1)を

写真1

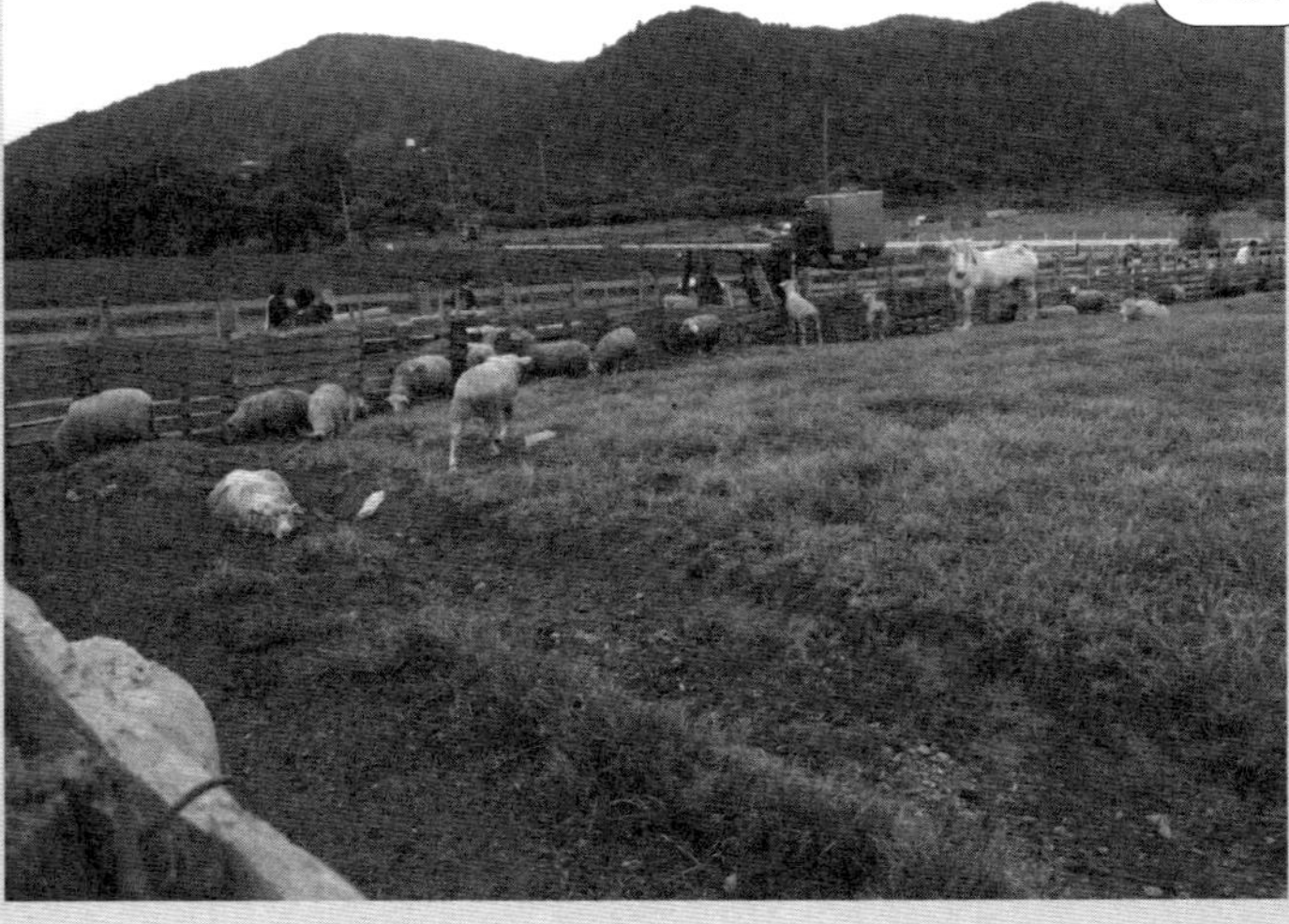

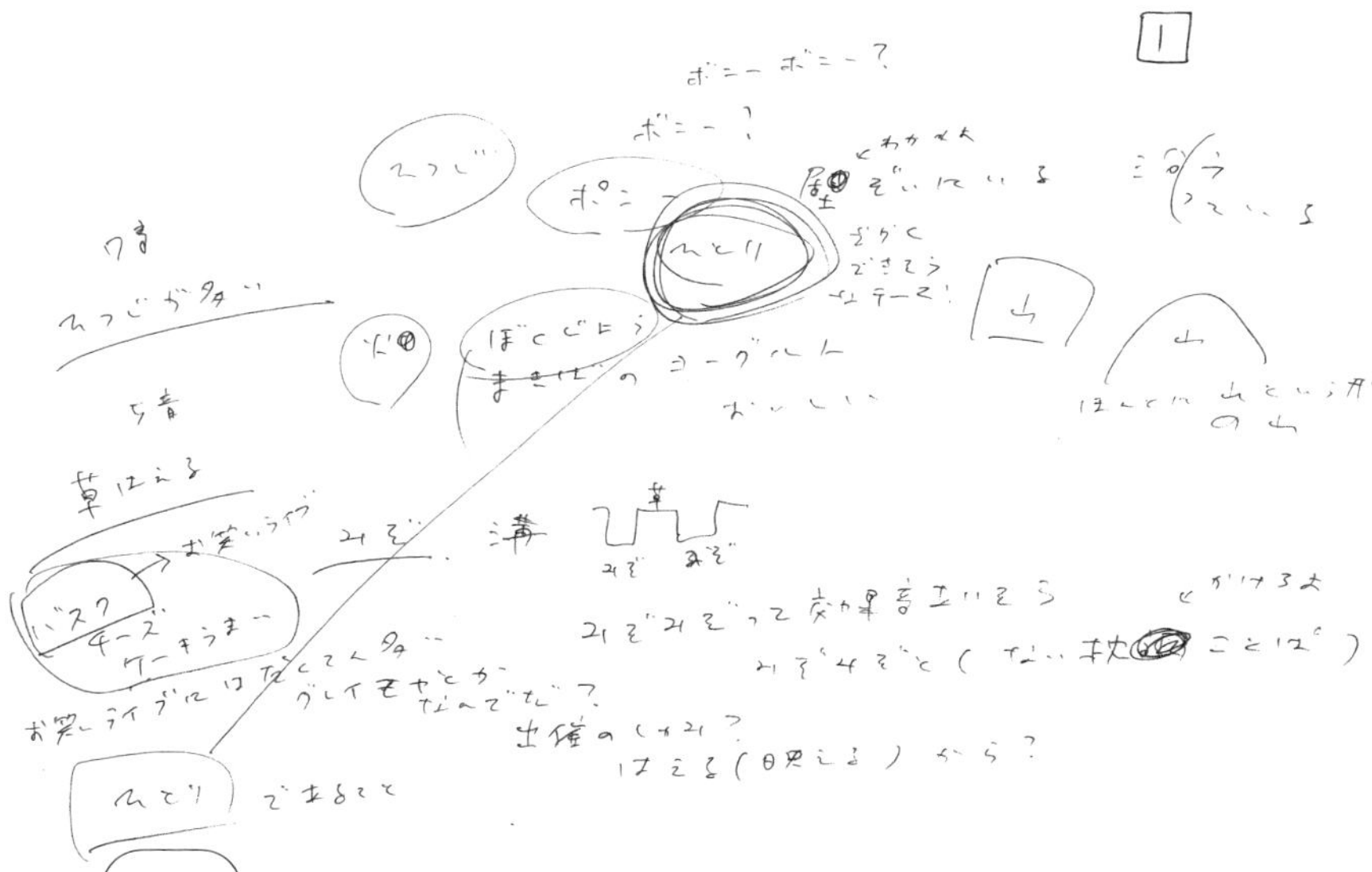

メモ1

（写真1を見た井口のメモ）

見てください。

「羊みたいなのがいるな」とかを思いつくかもしれませんが、もうちょっと広く考えてほしいんですよ。例えば、これは私が画像を見て書いたメモ（メモ1）ですが、全然関係ないことがいっぱい書いてあります。

最初に羊とポニーのことを書きました。

それから「牧場」「畑」とか書いていく中で、「山があまりに山の形すぎてウケる」とかも書いていきます。思いついたことをどんどん書いていってほしいんです。ここで1つ技術をお伝えすると、単語だけじゃなくて思ったことをそのまま書いたり、動詞・形容詞みたいなのを入れたりすると、後で短歌を作りやすいです。

例えば、左下で、全然関係ないのに「バスクチーズケーキ美味い」って書いてあるのは、このとき喫茶店でチーズケーキを食べてて。チーズケーキの話を書いたら「バスク」ってお笑いライブを思い出して、そこからお笑いライブって濁点ついてるの多いなって思って……っていうこととかをとにかく1回メモしてほしい。思いついたことと思いついたことに関係ないことを、いっぱい書いてください。

西野 はい。

井口 おふたりにはこちらの画像(写真2)を使っていただきます。

1つ大事なことがあって、消さないでください。思いついたことはとにかく残しておいてください。そして、歌を作るときに使えるところを使いましょう。関係ないことの方がネタになることも多い

写真2

です。連想みたいにしてもらうのでも、思いついたことを単純に書いていくのでも、どっちでもいいです。

西野 別のものに見えるとか。

井口 それもいいですね。雑談しながらやりましょうか。

よしおか 最近BSよしもとの「全員半人前」という番組のお仕事があったんです。私たちがMCで、新人のアイドルや女優がエピソードトークを言って、自分たちでまとめ上げるっていう。本当に学校みたいでした。自分が副担任、担任は西野さんで。

井口 確かにどちらかというと担任は西野さんな気がします。

よしおか 面白かったですね。みんな各々喋り出すから。

井口 そういうことも書いていいです。頭慣らしの時間なので。

（数分後）

井口 ちょっと手が止まってきました？

よしおか そうですね。

井口 これだけ出たら困らないと思うし、大丈夫です。

西野 「何も思わない」って書いちゃったぐらい。

井口 じゃあ「何も思わない」の歌を作りましょうよ。

西野 「何も思わない」の歌とかあるんですか。

井口 いいフレーズなので、作れると思いますよ。ちょっとそこチェックしてもらっていいですか。

西野 チェックします。

3 言葉を飛躍しよう

井口 じゃあ次の段階に行きます。写真は隠します。いま、おふたりの手元に書いてくださった言葉があります。写真ではなく、その言葉から考えていきます。自分の書いた言葉の中から短歌を作る。組み合わせたり、言葉を1個だけで使ったりっていう形で。お題は全部自分で作ってくれたので、あとはもう短歌にするだけです。

ただ、短歌にするにはテクニックが必要です。

これからそのテクニックをお伝えしていきますが、一般的に短歌教室で行われている方法ではなく、私が「シンクロニシティのおふたりが得意なところを生かせるだろう」と思う形で進めていきたいと思います。はじめて詠む歌がいい歌であってほしいからです。なのでおふたりにはとにかくアイディアを出してもらいたい。

よしおか はい。

井口 ここに私が作った歌が3首と歌を作るまでのメモ（メモ2）があります。メモからどういうふうに飛躍させたかをそれぞれ簡単に説明します。

ヨーグルト食べててひとり朝であることに失敗してしまう春／井口可奈

「グレイモヤ」「バスク」お笑いライブって濁点多い名前ばかりだ／井口可奈

ねむるのにひつじが多い　数えても数えてもひつ

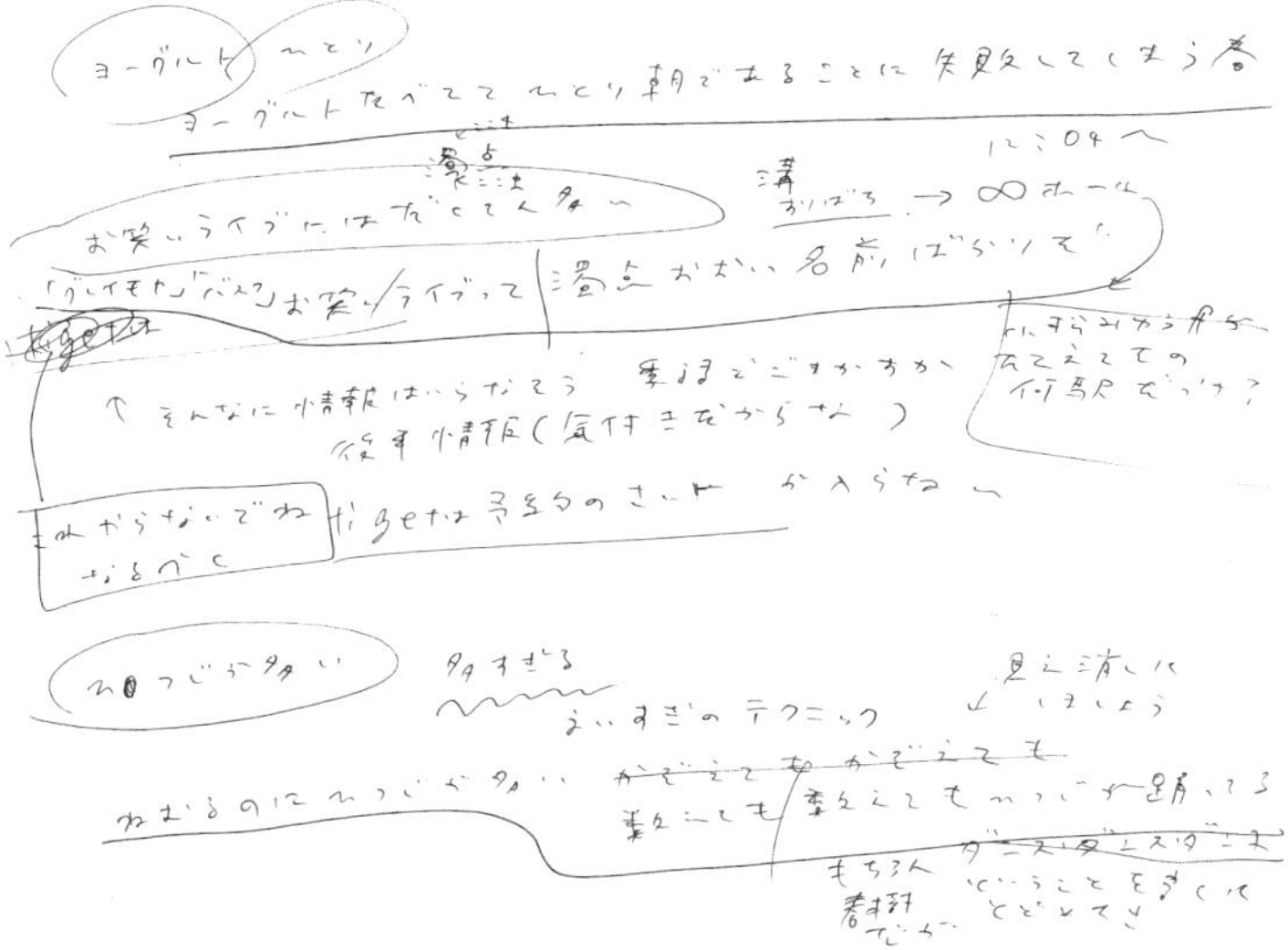

メモ2

（写真1を見た井口のメモ）

じが踊ってる／井口可奈

P115のメモ（メモ1）から「ひとり」が強いと思ったんですよ。かなり短歌で使えるワードだって思いました。で、牧場から「ヨーグルト」を連想して、ヨーグルトとひとりって変な組み合わせだなと考えました。最初にヨーグルトを置いて、「ヨーグルト食べててひとり」っていう景（注4）を先に提示（注5）して、そのあとちょっと577でくじけようと思って。「ヨーグルト食べててひとり」までがすごくポツンとした風景でいいんだけど、朝でちょっと明るくなっちゃったから、くじけさせたかったんです。

よしおか　へえ～。

（注4）風景・情景のことです。
（注5）見せること。

井口　2首目のお笑いライブの方が悩んだんですよね。「お笑いライブに濁点多い」で下句(注6)になるんですよ。でもこの形にしちゃうと、――言葉が詰まりすぎてる感じって理解できます？

西野　言葉が詰まりすぎてる感じ？

井口　本来は「濁点が多い」じゃないですか。「が」を省略するとむりやり7音にした感じが出る。そこは語順を逆にすることによって解決しました。あとはライブ名をそのまま入れるしかないなと思ってまとめています。

よしおか　すごく初歩的なんですけど、俳句って季語とか入れないといけないじゃないですか。短歌って？

井口　短歌は入れなくていいです。ただ入れてもいいので、わたしは1首目に「春」って入れてあります。

よしおか　入れてもいいんですね。

井口　そうです。季節を入れると、歌が締まるのでわたしはわりと使います。

3首目は「羊が多い」が7音なのでそのまま使いたかったけど、「多すぎる」の方が面白いかなって思ったんですよね。で、眠る時に「羊が1匹」って数えるやつが多すぎたらいやだなと思って、「ねむるのに羊が多い」を持ってきました。「数えても数えても」を漢字にしているのは、平仮名の「ひつじ」を引き立たせたいからです。あとは羊がモチーフになっている村上春樹の『ダンスダンスダンス』を入れられないかなと思ったんですけど、文字数的に無理だろうと思ったので、「羊が踊ってる」でまとめてます。羊が多いし、その羊

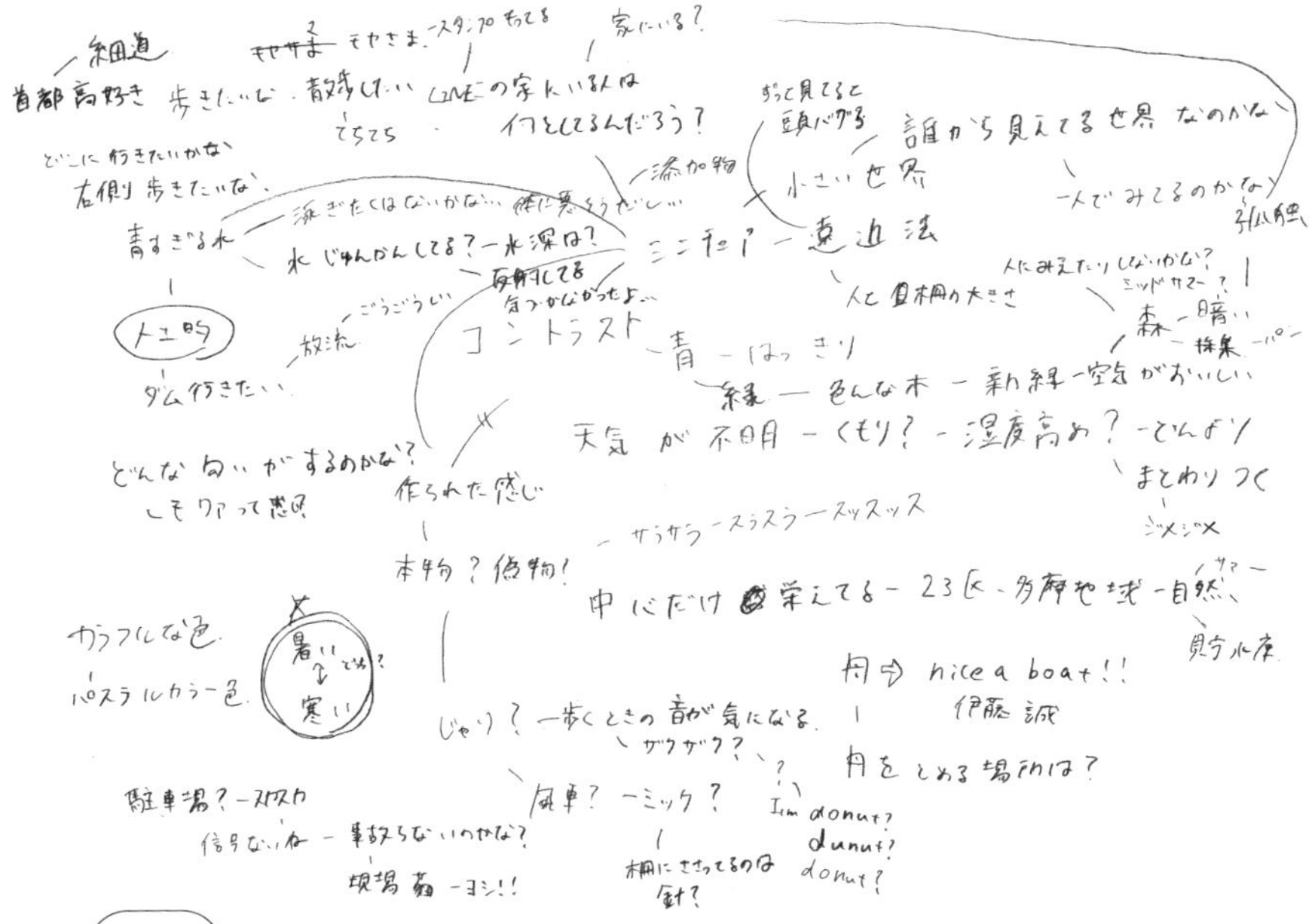

メモ3

（写真2を見たよしおかのメモ）

がなんで踊ってんのかもよくわかんないけど、ちょっと面白みが出る。これは「発想を1個だけじゃなくてどっか別のところからも引いてきて、組み合わせると楽に作れますよ」という一例です。

4 短歌を作ってみよう

個別指導・よしおかさん

井口 ここからは個人指導にさせてください。おひとりずつメモを見ながらやっていきましょう。よしおかさんの（メモ3）面白いな。「現場猫」まである。

よしおか ありがとうございます。

（注6）575を上句（かみく）、77を下句（しもく）ということが多いです。

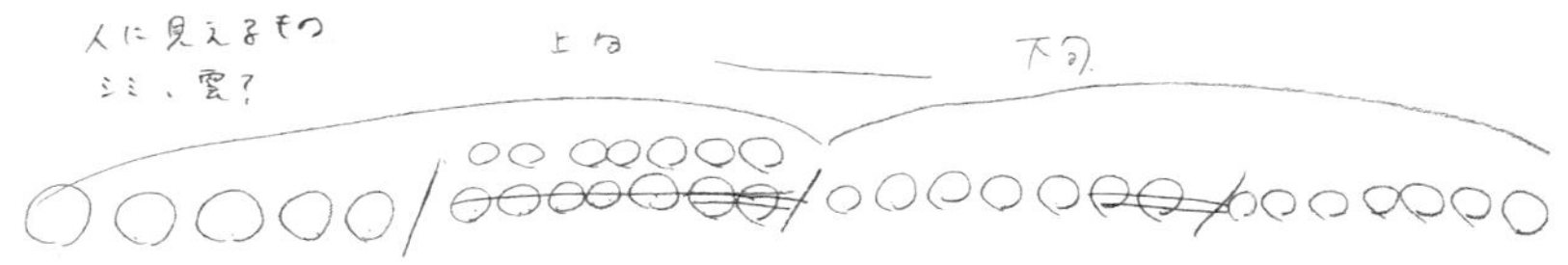

メモ4

（短歌制作中のよしおかのメモ）

井口 ここから、使えそうな単語を相談していきましょう。全部面白いのでどうしよう。右上に「人に見えたりしないかな？」というメモがありますね。「人に見えるもの」みたいなので多分一首詠めるんですよ。人に見えるものって結構色々あるじゃないですか。

よしおか シミとか。

井口 そうそう。だからそれでちょっといってみましょう。「人に見えるもの」みたいな感じのことを、自分でわかりやすい言葉でいいので挙げてみてください。ここから使えるものがあれば要素として使ってもいいです。最初の5音とか7音に合わせに行くといいと思うんですよ。よしおかさんは音数を丸で数えてるんですね（メモ4）。

西野 丸で書くタイプ。

井口 まずは5とか7のかたまりを作りたいです。人に見えるものを、5音か7音で考えましょうか。例えば初めの5音は……。

よしおか 水滴とか……水たまり。

井口 そうそう。表記の仕方を考えながら書いていきましょう。「水は漢字がいいな」とか。

よしおか 「たまり」は平仮名にしたいです。

井口 平仮名で「みずたまり」可愛いですね。その後に続く漢字のバランスを見て決めても大丈夫ですよ。

よしおか 「氷水」とか可愛くないですか。

井口 可愛い。こうやって発想を柔軟に持つことが割とよくて。「人に見えるもの」からは若干ずれていますが、「氷水」って楽しいじゃないですか。だから氷水を生かしましょう。

よしおか ありがとうございます。

井口 そして、困ったら1段階目の紙を見ればOKです。発想は自由でいいんで。例えば「氷水を飲んでる場所を考える」とか。

こちら（メモ3）に「ダム行きたい」とありますね。

よしおか 宮ヶ瀬ダムのことです。最高ですよ。神々しい。――じゃあ、部屋で見つめる、はどうですか？

井口 音数には厳密にならなくてもいいんですけど、「部屋で見つめる」で7音ですね。

よしおか 「氷水 部屋で見つめる」でなんか終わっちゃった気がします。

西野 次の出来事が……。

井口 短歌を作る方法論として、上句と下句でつながりを作る、あるいは、全然関係なさそうなことをぶつけて衝撃させる。俳句でよくいう、「二物衝撃」っていう手法ですね。「部屋で見つめる」で切れてもいいんですよ。短歌って一貫して同じことを言わなきゃいけないわけじゃないんです。「部屋で見つめる」で内容として切れて、例えば「外に出てみたら意外と楽しかった」とか。緑豊かな自然の景色の話とか。メモ3の「小さい世界」から膨らませて、「外に出てみたら世界は意外と小さかった」みたいな話を下句ですると、楽しくなる。

よしおか わあ、すごい。やりたいです。

井口 でも「外に出て」って言っちゃうとちょっと直接的すぎるので、場所ならわりと何でもいいですね。湖とか。でも湖だと水とちょっと近い……っていうふうに考えるんですよ。さっきのメモ（メモ3）の中だと、「森の中」とかいいかもしれないですね。「氷水　部屋で見つめる」で意味は切れるけれど、そこから先はずっと同じ話をしていくっていう手法も使えるので。

よしおか 57までが小さい世界で、575が大きい世界みたいな。

井口 そうそう。その対比がいいかなって。「さらに小さい世界が見えた」でもいいですよ。で、1回「森」みたいな大きいところを「提示」して、「森の中」みたいに「もっと小さい世界が広がってるだろう」みたいにするのもいいですね。

よしおか 「森」も平仮名がいい。

井口 いいと思います。その「小さい世界」は、誰から見えてるのか。1人で見てるのかとか。さらに小さい世界を示して「ミニチュアみたいな」とか。例えば見えてるもの自体を思い切って言っちゃってもいいかもしれなくて。「小さい何かが住んでるかもしれないね」みたいな。「そこにはそこの営みがある」ということを言うとか。

よしおか 「水滴に映る世界」みたいな。

井口 いいですね。

よしおか 「もりのなか」の次は何でもいいですよね。

井口 「水滴に映る」でもいいです。8字ですが、あんまり無理がない程度の音なんでいいです。そういうことを短歌ではよくやるので。ここを次の

7に繰り越すって考えなくていいです。

よしおか これで完成……。

井口 もう7音いりますね。

よしおか そっか！

井口 「部屋で見つめる」で意味的に切れてるじゃないですか。「もりのなか」以降は別の話をする。とりあえずそれを考えましょう。水滴に映ったのは何がいいですかね。

よしおか 「こおりみず部屋で見つめる」は自分が見てて。「もりのなか」のあとからは誰が見てるって感じで入ろうかな……？

井口 そういう時に便利なのは、「思う」とかの言葉です。例えば「何とかを思う」みたいな。

よしおか 水滴って何が映るんだろう……緑……と匂い？

井口 それで終わらせてもいいんですけど、要素が多くなってしまうので、「水滴に映る緑と匂い」なら、匂いを選んだほうがいい。実際には映らないからおもしろいですよね。で、「においを思う」とかにする。

よしおか おお。

井口 ここで技の話をします。「『部屋で見つめる』で意味が切れる」という話をしたじゃないですか。表記上の問題で、このまま出すと意味の切れる部分がわかりにくいんですよね。なので「部屋で見つめる」のあとに1字分スペースをあける。スペースがあることによって、「あ、別の風景なんだな」ってなる……という技も使えますけど、どうですか。

よしおか 使ってみたいです。

井口　じゃあ、ここにスペースを書いて。すると、上下の——前半と後半のつながり方として、強くはないじゃないですか。でも水と水滴でつながっている。

よしおか　確かに全体ではつながっていますね！

井口　そうですね。これで一首できました。

よしおか　すごい！　楽しいです。

井口　「水滴に映る」から自分で「緑」「匂い」を引っ張り出して来てくれたので、かなりいい歌ができました。匂いが水滴に映ってるって発想はかなり新しい。いいですね。

よしおか　ありがとうございます。

個別指導・西野さん

井口　西野さんのメモ（メモ5・6）も見て行きましょうか。たくさん書いていただきましたね。

見たものに厳密な言葉が多いですね。そして、これだけすごくたくさん色んな風景を書いて出てきた感想が「何も思わない」っていうのが面白い。だから「何も思わない」歌にしましょう。色んな風景を、5757まで挙げて、最後1字空けして「何も思わない」に飛ぶとか。

西野　「バラとかバラとかバラとか　何も思わない」って？

井口　例えばそういう構造が1つ提示できます。

西野　「何も思わない」だと8音ですよね。

井口　言い方として自然なものを採用したいで

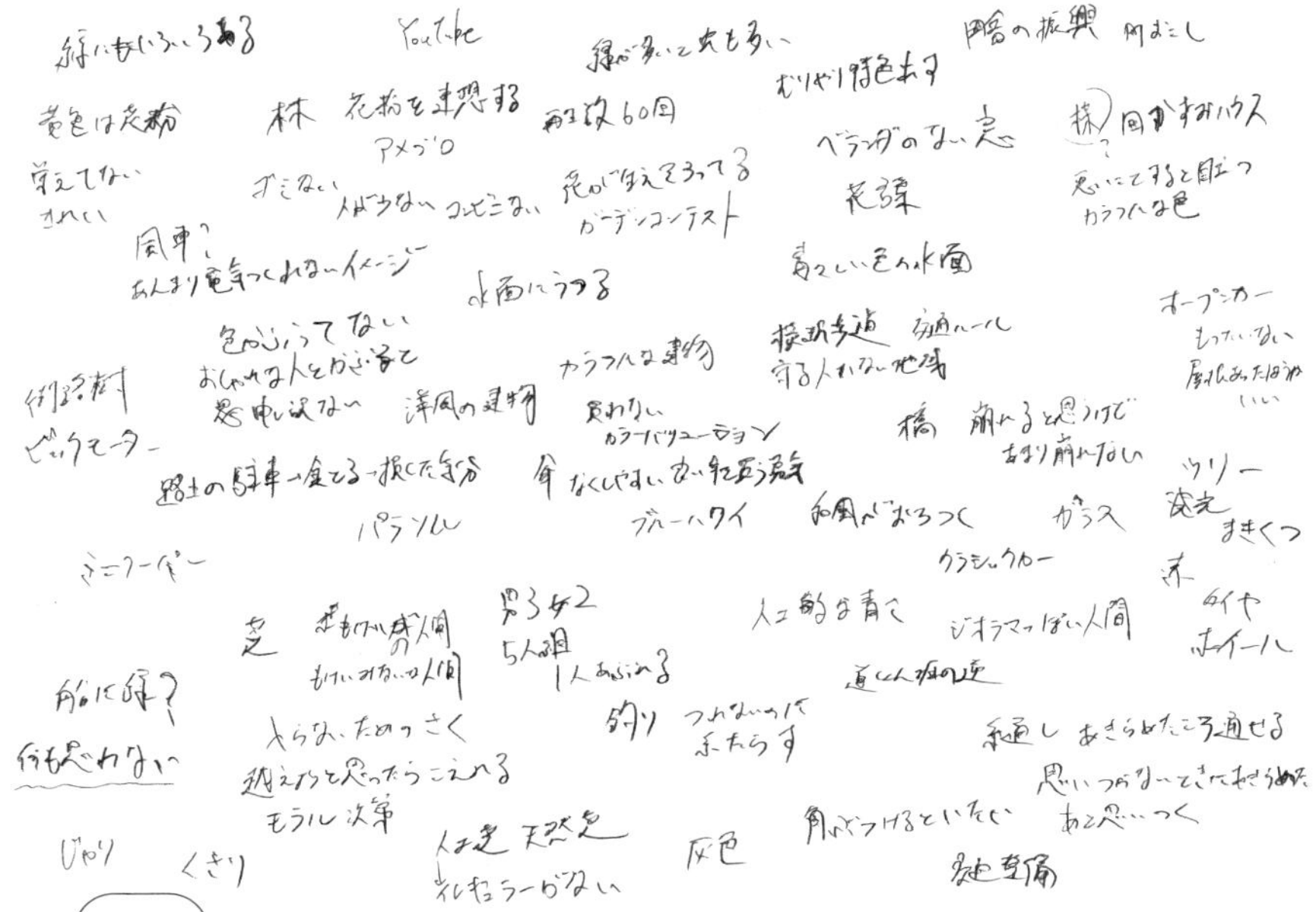

メモ5

（写真2を見た西野のメモ）

すね。例えば「何も思わぬ」だと7音ですが「何も思わぬ」という言い方が気になっちゃうじゃないですか。

西野　千鳥のノブさんとかだったら自然ですけど。

井口　そうそう。だから人によって自然であればそれでいいんですけど、ここは「何も思わない」でOKです。あと、「ない」という言葉は語尾の音がすっと消える感じがあるので、7音に近くなって不自然じゃないですよね。57577に忠実であることが重要ではないという話を何度かしていますが、必要がないならば定型（注7）から離れないほうがいいといえばいいので。とりあえず「何も思わない」のフリになることを考えましょう。

（注7）短歌では57577のこと。

(写真2を見た西野のメモ・手書き)

真っすぐに生えてる花
花　柄　カラフル
池　埋もれてる
規則的に植えられた花、でかい船、
ヨットカヌー
色が悪い。なんか意味
カラフル　テキスト
ガラス　出す
ツリー
スペース
船
何も思わない

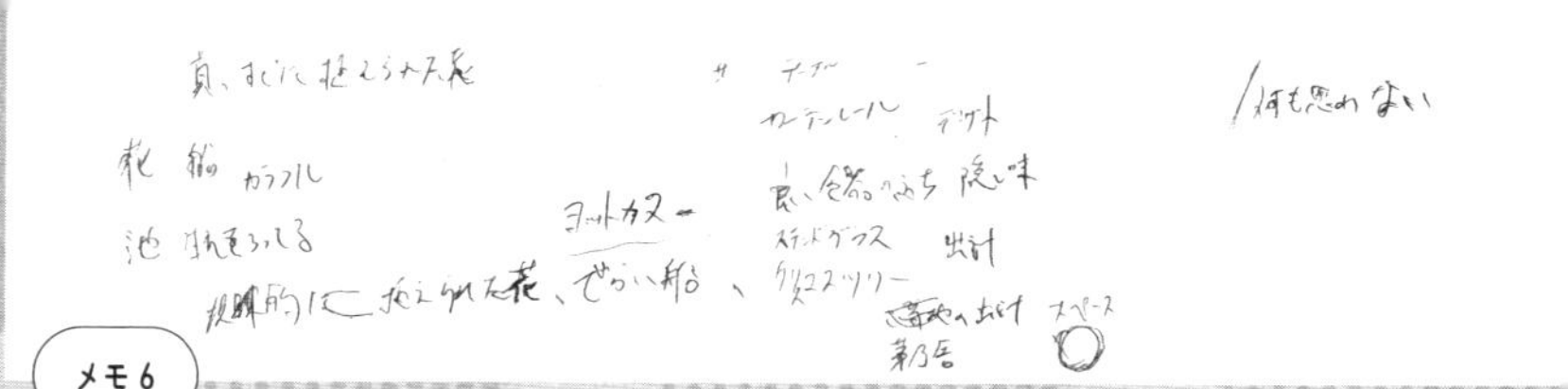

メモ6

（写真2を見た西野のメモ）

西野　じゃあ、まず花ですね。花は何も思わない。この花壇をコンテストに出すんだろうなみたいな感じにした花の列ってありますよね。それに対して、何も思わない。

井口　メモっときましょうか。

西野　船。カラフル。池とかも結構何とも思わないですね。

井口　失礼かもしれないですが、情緒がないですね……。

西野　いやいや（笑）。花がきれいに生え揃ってると、なんか結構何も思わない。

井口　今すごくいいこと言いましたよ。その辺に生えてる花じゃなくて？

西野　そうそう。買ってきたのを一列に並べている状態。これから

井口　ただ、規則的に埋められた花の、その規則性に対して何も思わないことってわりと普通っぽくないですか。

西野　そうですね。

井口　その次にもし言葉を入れるんであれば、別の言葉を入れたいんですよね。「規則的に植えられた花」と並列になる言葉をもう1つ入れるとか。

西野　えっと。カラフル。

井口　カラフルはちょっと花と近いんで。「でか

西野　ヨット、カヌー。

井口 もうちょっと列挙できます？

西野 豪華客船的なものとか……？

井口 船から離れてもいいですよ。

西野 景色的なことですよね。

井口 じゃあ1回そこから離れて、すごく卑近なものっていうか、自分に近いもので考えてみましょう。例えばよく食べてるもの。お茶漬けの海苔とか、そういうところで終わるのがいいと思います。同じ「距離」のものを列挙するより、最後急に近いのが来て、「何も思わない」だと、ちょっと歌の深みが出るかなっていう発想です。

西野 なるほど。

井口 食に興味がなくても普段食べてるものっていうのはあるじゃないですか。それの細部について言ってみるのがいいと思います。

西野 お茶漬けはめっちゃ好きなんですよね。何も思わないものを言うと、「いい食器」とかですかね。

井口 確かに何も思わなそう。でも、ポットのフタの装飾とか。そのくらい細かいことを言ってほしい。

西野 ああ、すいません。

井口 怒ってないです（笑）。ちょっと解像度が高すぎる方がポイントなんです。急に身近な、解像度がすごく高いものになると歌としていいかな。

西野 ああ……。

よしおか 頑張ってください！

井口 面白いですよね。よしおかさんが自主的に言葉を紡いでくれるのに対して、西野さんからはこんなにも言葉が出てこないなんて。

西野　何も思わないから何も出てこない（笑）。

井口　規則的に植えられた花。でっかい船。あと7音です！

西野　はい。あ、クリスマスツリーも興味ないですね。

井口　なさそう（笑）。ただちょっとクリスマスは「何も思わない」に対しての反逆精神を引いてきてしまう。

西野　確かに。攻撃的な気持ちはないんですよね。

井口　本当に気になんないものが多くていいですね。この歌を作る上ではかなりいいですよ。

西野　出汁とかも興味ないですね。

井口　よしおかさん、出汁面白そうじゃないですか？

よしおか　広がりそうですね。

西野　ご当地の出汁とか。

井口　それはいまいちです。

西野　じゃあどれがいいの!?

井口　すいません（笑）。「ご当地」って言うと広くなっちゃうじゃないですか。例えば「茅乃舎《かやのや》の出汁」とかだったら、ちょっといい歌になると思うんですけど。……茅乃舎は知らないですよね。

西野　知らないです。

井口　やっぱり（笑）！　じゃあ知らないもの「茅乃舎」で締めてみましょう。

西野　ありがとうございます。

井口　それで、列挙の仕方をちょっと考えましょう。物の列挙の仕方は色々あります。例えばよしおかさんの歌のように、スペースを空けて並べていくパターンがあります。今回は要素が3つあるので全部にスペースを入れると、最後の「何も思わない」の部分を見てほしいのに、そこが薄くなっちゃう可能性があるんですよ。私は現代短歌も句点・読点ありと思っていますので、読点で区切っていくのはどうでしょう。

西野 はい。

井口 でも、最後は読点じゃなくてスペースにしましょう。すると、「何も思わないのはこの3つですよ」っていう提示にできるので。

はい、何も思わない西野さんの、何も思わない歌ができました!

私的には非常に満足ですが、これだけ言われて西野さん、大丈夫でしょうか。言葉が出てこないとか言ってボコボコにしてしまった気はしてるんですけど。

西野 大丈夫です(笑)。

井口 何も思わないですか、この並べられたもの見て。

西野 茅乃舎の出汁は知らないし、何も思わないです。

井口 そうですよね。

5 振り返り

井口 今日作ってみて、「短歌って簡単に作れる」とはならなかったと思います。

西野 はい。

井口 でも「面白い短歌って、こうやって色々考えるとできる」という体験として持ち帰ってほしいです。今日の学びポイントは、「良い短歌を作るにはそれなりの努力と知識が必要であるが、ただそんなに難しいことではない」ということ。語彙から持ってくることも可能なんです。西野さんは単語が出てこなかったので、私がわりと主体的に決めちゃったんですけど、最終的にいい歌ができてよかったです。

よしおか 楽しかったです。

井口 嬉しいです。西野さんはちょっと苦戦しましたね。短歌においては語彙がないとやっぱり苦しい部分があるんですよね。語彙がないと発想に辿り着けないっていうか。

よしおか 素人から見ると、その五感を感じて生きてないんだなってすごい感じます。

井口 おふたりの書かれたものを見てもかなり違いははっきり出ていて。西野さんは、嫌な意味ではなくて事実として、感じたものがないじゃないですか、何も。

よしおか 色とか。

井口 そう。事実のみの列挙。よしおかさんは色んなことをかなり感じてるじゃないですか。で、考えてることも目線の話をしている。西野さんは頑張ってものを列挙し続けて、色んなことを出してくださった中で、私にとって一番ピンと来たのが「何も思わない」。やっぱり感情の話が一番面白いんですよ。それも面白い体験として持ち帰っていただけたらと思います。

よしおか ありがとうございます。

井口 西野さんは作ってみてどうでしたか?

西野 広がらない……。

よしおか 見ててしんどい。

西野 しんどいって（笑）。

よしおか 根気よく先生に見てもらえてよかったです。

井口 でもすごいことなんですよ、これは。おばあちゃんが短歌で3冊本を出していても、さらっと短歌が作れないということは、逆に学びになると思います。

西野 逆に……。

井口 短歌の才能って遺伝しないんだなというか……。

西野 しないですよ（笑）。

よしおか でも、生きやすいんだろうなって。見たままで生きてるから。そんな考え過ぎないだろうし。羨ましいなとは思います。

井口 そうですね。おふたりは世界の見方が全然違うんでしょうね。メモからも歌からもわかりますが、よしおかさんはすごく繊細にものを見てると思います。ただ、西野さんは構造のコツをつかめば歌を量産できそうですよ。

西野 語彙ってどうやって増やすんですか。

井口 辞書を引く癖をつけることと、本を読むことですかね。「こういうふうに作られる歌がいい歌なんだ」っていうことや歌の構造について学べば、できると思う。

西野 なるほど。

井口 逆によしおかさんみたいな作り方の方が、すごく感情とかを入れながら作るので、いっぱい作っていけるかは作っていく中で、わかっていくことだと思います。

よしおか こだわり強い自分には難しそう。

井口 わたしはそんなにこだわりが強くないので、「ことばでいっぱい遊んでみよう。わーい」で大量に作れるんですけど。こだわりがあると1首1首に時間がかかるっていうところがあるかもしれません。

よしおか でも今日、全面的に自分が思ってることを受け入れてもらえるのが嬉しくて。

井口 そう思ってもらえたならよかったです。次回は西野さん向けに語彙に頼らなくても短歌を作れるプログラムを考えますね！

西野 ええっ（笑）。

実は、国語の授業でたまに詩の問題が出ると、1つも答えられないんです。小説はギリ解けるのですが。「筆者はどう思っているでしょう」「筆者はどんな状況でしょうか」といった問題が全く意味わからない。「次にこれが来るの？　なんで？」と。

井口 ああ、その連なりがわかんないんですね。

西野 そう。よしおかさんが短歌を作っているときも、マジでずっと「部屋？　森？　あれ？　ここどこ？」とかなっちゃう感じでした。

井口 私が、よしおかさんの言ってることをうんうんって聞いたりしてる間に、西野さんがずっと何かに疑問を持っている感じは覚えてたんですけど。そこに引っ掛かっていたのか。じゃあむしろ、1首作れて成功かもしれません。1首作れたことが、とても偉い！

西野 偉い……。

こおりみず部屋で見つめる　もりのなか水滴に映るにおいを思う

よしおか

規則的に植えられた花、ヨット、カヌー、茅乃舎の出汁　何も思わない

西野諒太郎

6 井口のひとりごと（感想）

短歌を人に教えるということをはじめてやりました。自分自身、ワークショップは受けたことがあり、メソッドも理解していたのですが、シンクロニシティのおふたりにはどうしてもいい歌を人生の一首めとして記憶に残してほしくて荒療治を強いてしまった気がします……。

シンクロニシティの漫才はかなり言葉の構造について語っているので、構造の部分は手助けすれば理解できると思っていたためこのようなプログラムを組みました。ただとにかく西野さんの何も思わなさが想定外でした!! これは井口（あるいはよしおかさん）との比較という意味で捉えてもらえたら幸いです。ほんとうにすいません！ 自分のプログラムの欠陥なのにめちゃくちゃ単語を出せと責め立てて申し訳ないです……！

これに懲りずに短歌に愛を持ってもらえると幸いです。短歌をおふたりと一緒に作れて楽しかったです。

シンクロニシティ

西野諒太郎…1994年3月23日生まれ、東京都出身。
よしおか…1994年10月2日生まれ、神奈川県出身。

大学の落語研究会で出会い2017年7月に結成、2023年4月に吉本興業に所属。現在は神保町よしもと漫才劇場を拠点に活動中。

あとがきにかえて

わたしの文章より、とにかく芸人さんの短歌を読んでほしいのですが（ほんとうは評も余計なくらいだと思っています！）、書かないと残らないこともあるので、この場をお借りして芸人短歌について整理させてください。

『芸人短歌』は2021年11月にzine（個人で制作した冊子）として文学フリマ東京にて発売されました。2023年11月には『芸人短歌2』を同様に文学フリマ東京で発表します。2冊の芸人短歌の販売部数は2024年6月現在、合計2000部を超えました。

ひとえに芸人さんの短歌がよいというおかげで、わたしがしたことはキュレーションだけなのですが、そのキュレーションに意義を感じて書籍化に踏み切ってくださった笠間書院大原さんには大変感謝しています。

打ち合わせはいつも真剣で、でもふたりでたくさん笑って、悩むときも意見を言い合えたように感じています。楽しいことばかりでした。ほんとうにありがとうございます。

ここ数年で芸人さんと短歌の距離は近づいたように思います。

わたしが繰り返し言っていきたいことは、すべての芸人さんが短歌が得意ではないということです。しかし、短歌の才能を秘めているひとが芸人さんのなかにはたくさんいると考えます。表現者としての気質が短歌の方向にむかいやすい芸人さんがいるという意味です。そのような方に短歌を書いてもらうことにより、仕事の幅が広がっていけばいいなという気持ちで活動をしています。

わたしはお笑いライブによく通っていますが、とくにライブシーンの芸人さんの活路になればいいと思っています。

芸人さんには芸人さんの人生があります。その人生の時間を使ってもらう覚悟を決めて、使っていただいた時間のぶん芸人活動へのお返しができるように、芸人短歌という本をつくっています。いつかは短歌をつくった経験が芸人さんのためになると信じてやっています。

それはわたしの心持ちの話なので、芸人さんには軽率に短歌をつくってほしいです。軽率にやめても構いません。思い出したころにまたやってもいいです。芸人さんにとって短歌は逃げないものです。と言いながらも、一方で、いま捕まえなくてはならない衝動を捕まえられる方が強いということはお笑いをやっている方はご存知と思います。

2023年11月に発行した鈴木ジェロニモ歌集『晴れていたら絶景』が4刷をむかえ、2024年6月には刷部数が合計1400部になりました。ジェロニモさんはライブ、舞台やラジオへの出演が増え、社会的反響の大きさに驚きをおぼえています。

短歌が芸人さんの活動の後押しになるのだと思うととても嬉しいです。ただそれは芸人さんの掴み取ったものであり、あくまでわたしはごくわずかなきっかけや場をつくったに過ぎないと考えています。

いつも表現者の立場を忘れずにありたいと思います。そのために自分の創作する手を休めずやっていきたいという気持ちがあります。

同時に鑑賞者としてお笑いライブを見ることも続けていきたいと思っています。見えないものを見ていきたい、知らない芸人さんに出会いたい、なにかをたくらんで動き続けていたい、そういう素朴な欲求でわたしは動いています。

芸人さんの短歌を書籍として、まとまった形で全国に販売できることを大変うれしく思います。紙幅の制約上でご依頼できなかった方には、あらためてお願いする機会を設けたいです。

芸人さんの真摯さに応えることができたらといつも考えます。これからの短歌はもっと自由であって、夢のあるものであってほしい。そのために今後も活動していけたらと思います。

ご執筆いただいた芸人さん、各事務所のマネージャーさん、関係者のみなさん、この本のことを気にかけてくださった方々、ほんとうにありがとうございます。芸人短歌はこれからも動きつづけます。

2024・6・30　歌会へ向かう前の喫茶店で　井口可奈

井口可奈

いぐち・かな

1988年北海道生まれ。短歌のほかに小説、俳句、エッセイ、日記などを書いている。第3回京都大学新聞文学賞大賞。第11回現代短歌社賞。第4回ことばと新人賞佳作、第39回北海道新聞短歌賞佳作など。歌集『わるく思わないで』、『芸人短歌』シリーズ企画編集。

芸人短歌

令和6年（2024）12月20日　初版第1刷発行

編著者 ……………………… 井口可奈

著者 …… 赤嶺総理　しらす（牛女）　大久
保八億　加賀翔（かが屋）　ガ
クヅケ　木田・サスペンダーズ　古
川彰悟・フランツ　土岐真太郎（キ
モシェアハウス）　ぴろ・清水誠
（キュウ）　水川かたまり（空気
階段）　蛇口捻流・アオリーカ・
ジョンソンともゆき・FAN・田野・
ぺるとも・警備員（こんにちパン
クール）　ゆっちゃんｗ・松永勝
悪（十九人）　西野諒太郎・よし
おか（シンクロニシティ）　鈴木
ジェロニモ　春とヒコーキ　土岡
哲朗・マタンゴ　高橋鉄太郎・町
ルダさん（スタンダードヒューマ
ンハウス）　野澤輸出（ダイヤモ
ンド）　谷口つばさ　糸原沙也加
（つぼみ大革命）　布川ひろき・
みちお（トム・ブラウン）　村上
健志（フルーツポンチ）　吉田大
吾（POISON GIRL BAND）

カバー装画・本文イラスト
…………………………… 我喜屋位瑳務

発行者 ……………………… 池田圭子

発行所 ……………………… 笠間書院
〒101-0064
東京都千代田区神田猿楽町2-2-3
電話：03-3295-1331
FAX：03-3294-0996
mail：info@kasamashoin.co.jp
https://kasamashoin.jp/

アートディレクション … 細山田光宣
装幀・デザイン …… 鎌内文、橋本葵
（細山田デザイン事務所）
本文組版 ……………………… キャップス
印刷・製本 ……………… 平河工業社

ISBN 978-4-305-71027-7　C0092
©iguchi kana, 2024

乱丁・落丁本は送料弊社負担でお取替
えいたします。お手数ですが弊社営業部
にお送りください。本書の無断複写・複
製は著作権法上での例外を除き禁じら
れています。